발 달린 벌
권기만 시집

문학동네시인선 072 권기만

발 달린 벌

시인의 말

겨울엔 여름이 그립고
여름엔 겨울이 그립다
내 안의 사계는 따로 돈다
그들을 따라가느라
내 언어의 발끝은 부어 있다
그러나 그들은 안다
눈부신 절정은 지금부터라고
꽃이 지고부터라고

2015년 8월
권기만

차례

2부

3부

4부

1부

동거

얼굴이 간지럽다
다섯 마리 토끼가 풀을 뜯는 모양이다
아무도 본 적 없지만 내 얼굴에는
다섯 마리 토끼가 산다 내가 미소를 지으면
깡충 깡깡충 뛰어다닌다
내가 우울하면 쫄쫄쫄 굶는다

다섯 마리 토끼가 뛰어다니는 얼굴을 보는 건
즐겁다 토끼가 뛰어다니고 있다면 틀림없이
맛있는 대화중이거나 사랑하고 있을 때다
소곤소곤은 토끼가 제일 좋아하는 풀이다

한겨울에는 토끼도 어쩔 수 없이
말속에 굴을 파고들어가 잠을 잔다 봄이 오고
사방에서 꽃이 터지면 기다렸다는 듯 소풍을 간다
꽃 한 송이마다 한아름의 미소가 사는 걸 알아보는 건
토끼다 입다물고 있어도 봄이 지나고 나면
살금살금 미소가 살쪄 있다

소곤소곤 조곤조곤을 뜯다가 어른 토끼들은
구름 속으로 이사를 간다 큰소리는 토끼가
제일 싫어하는 풀이다 아이들 말은 토끼의 발
버짐 핀 듯 얼굴 왼쪽이 간지럽다

다섯 마리 새끼 토끼가 풀을 뜯는 모양이다

내가 좋아하는 과일

따뜻함도 과일처럼 열릴 때가 있다
따뜻하다를 따면 몇 개의 계절이 주렁주렁
키를 늘인 나무로 열린다
따뜻하다를 한입 먹으면
남도의 저녁이 목젖에서
울음을 터뜨린다
그 울음에 매달려 있는 노을을 따서
등뒤로 감추면 밤이다
밤에도 따뜻함은 밝아서
불인 양 쬐다보면
몸속이 동그랗게 부푼다
목소리가 환하다면
따뜻하다를 따먹었다는 것
먹다가 손 비벼보면
파란 귀가 푸드득
몇 개의 밤을 날아다닌다
봄볕에 헹군 나무에
손을 걸어놓으면
달이 둥글게 익어가는 시간
따뜻함도 과일처럼 열릴 때가 있다

신드바드의 모험
—요술 램프

신드바드가 간다
일곱 번의 항해와 일곱 번의 죽을 고비를 넘어
아무도 없는 은밀한 때에 이르러 발견한
요술 램프
문지름이 요술이란 걸 최초로 발견한 신드바드
나무도 사람도 램프란 건 아직도 비밀이다
문지르면 불이 붙는다
청동 불꽃에 숨어 있던 형상
감각의 불꽃이 핀다
아주 먼 아라비아의 이야기가 눈을 뜬다
나뭇잎에 열두 가지 춤이 자라는 동안
램프에 묻어 있는 손들이 빛을 탄주한다
문지르면 공연되는 수피춤
결혼을 서두르는 건 램프를 독차지하려는 것
문지름을 잊어버리면
고물 장수가 와서 바꿔 가기도 하는 램프
청동 불꽃으로 잠든 요술을 찾아
일곱 번의 항해와 일곱 번의 죽을 고비를 넘어
신드바드가 간다

우르밤바

마추픽추는 고원 위에 있고
잉카의 도시는 악보 위에 있네
고도가 높아 음정이 되는 심장박동
발맞춰 걷다 노래가 된 라마여

불변의 음정
유적으로 앉혀놓은 마추픽추
8월의 고원이 제단이 되면
별을 따러 올라가는 라마여
그 심장박동 천지를 울리네

희박한 공기는 진공을 불러
심장이 있는 짐승은 모두 북이 되게 하네
고도에 맞춰 점점 높아지는 북소리
몸이 북이 되는 경계를 알 때까지
하늘 아래 가장 높은 공명에 이를 때까지
쉬지 않고 고도를 오르는 라마여

몸은 언제부터 심장의 순례지였나
음정의 요새 마추픽추
타박타박 발소리에 감추고
원색의 옷감이 화음처럼 펄럭일 때
마추픽추는 고원 위에 있고

잉카의 도시는 악보 위에 있네

설국

블라디보스토크로 가는 열차는 수전증 걸린 노인 같다
툰드라의 혹한이 창틈으로 세상 끝까지 옷깃을 세웠다
모든 경계를 다 지워야 도착한다는 꿈에서의 열흘

역사(驛舍)는 씩씩거림만 남은 주전자 바닥 같다
여행자로 살던 형은 왜 이 먼 곳에 와서 죽은 것일까
시체 보관소에 잠들어 있는 형은 너무도 편안했다
빙하의 바람을 뼈에 새기면 설국을 찾을 수 있다
갈겨쓴 글자가 설인의 흔적 같던 형의 엽서

교수직을 던지고 블라디보스토크로 간 형은
돈이 생기면 보드카만 마셨다
형의 수첩을 보고서야 설국으로 가는 길이 있단 걸 알았다
삶에 행로를 끼워넣으면 어디에도 없는 나라가 만들어진다
수첩의 흰여우 언덕은 이제 찾을 수 없는 나라다

눈 덮인 북극 하늘을 조금씩 잊으면서 봄은 덧났다
한 송이 꽃이 상트페테르부르크를 향해 뛰어내렸다
살아보고 싶은 존재에 가장 가깝다는 나라
한번 내디딘 자리에서 지상에 없는 제국을 만나보라고
북극점 받아들고 가만히 날개를 펴는 목련
내 눈 속에도 설국의 지도가 그려지고 있다

이중섭의 집

섶섬이 보이는 돌담집에 가면
어른도 벌거벗고 아이가 됩니다
파도는 이중섭이 즐겨 쓰는 붓
파도 끝에서 허공으로 몸 뒤집는 그의 붓은
은종이에 엎질러진 바다의 내면
거기에 갇힌 건 그가 처음입니다
벌거벗은 아이가 모래판에서 해와 씨름을 하면
섶섬이 울룩불룩한 파도를 황소처럼 몰고 와 응원합니다
그림자가 돌담에 쌓여 파도가 높아지면
집게발에 잡힌 그리움이 파도 끝에서
해 질 때까지 해 질 때까지 물눈물 피웁니다
그가 마련한 집은
코딱지만한 은박지가 고작이지만
바다는 한 번도 좁다 한 적 없습니다
아직 다 그리지 못한 코흘리개 눈빛
오종종한 은박지에 맡겨놓고
유채만 저 멀리서 손 흔들고 있습니다
섶섬이 보이는 낮은 돌담집에 가면
수만 페이지의 파도를 넘기다
크레용에 덕지덕지 달라붙은 노을
아이들 얼굴에 덧칠하느라 홀딱 벗은 사내
어쩌면 만날 수 있을지도 모릅니다

어둠의 회랑

어둠이 미루나무 머리채를 잡으면 하늘과 이어지는 회랑이 생깁니다 조금 더 어두워지면 밑동까지 내려옵니다 태초의 시간과 이어지는 그 속으로 목을 디밀면 금세 우주 끝에 닿을 것만 같습니다 한 손을 그 안에 밀어넣고 저 먼 어둠을 향해 손을 흔들면 손끝에서 별들이 짤랑거립니다 만나서 반갑다고 잘 있었느냐고 까무룩 악수해오는 손안이 화안해집니다

밤만 되면 우주 끝까지 이어지는 회랑이 생기고 그 회랑 속으로 놀러갔다 오는 여행으로 밤이 환했던 시절이 있었습니다 어스름이 내리면 하늘 밖으로 옮겨놓았던 어둠의 회랑을 사다리처럼 내리는 게 보입니다 미루나무가 먼저 회랑을 맞이합니다 나는 그 발치에서 저 높은 곳의 회랑이 내려올 때까지 기다립니다 미루나무가 제 몸을 이어 바닥까지 회랑을 연결합니다 수억 년 반짝이던 별의 이야기가 귓속으로 무진장 쏟아집니다 우주와 직통으로 연결된 세상으로 여우와 올빼미도 걸어들어갑니다

마을 앞 공터까지 뚫리던 회랑이 어느 날 뚝, 끊어졌습니다 가로등이 가시철망보다 무섭게 으름장을 놓고부터 어둠은 사다리 내릴 곳을 찾지 못해 하늘 어귀에서 두리번거리기만 합니다 끝내 몸 디밀지 못하고 돌아서는 날이 늘어날수록 내 안의 어둠은 희미해져갑니다 내 맘에 벽면을 만들

어주던 어둠이 지워지고부터 별이 와서 걸리지 않습니다 우주와 교신이 끊어지고부터 사람들의 이야기 속에서 별이 반짝이지 않습니다 귓가에 부스럼처럼 수북하게 쌓이던 별빛이 비루먹은 강아지처럼 깨갱거립니다

악수

나무는 비의 질주를 먹는다 가지마다 꾹꾹 발자국 찍으며 질주하는 태양이 심장의 이복형님이라는 태생의 비밀을 알고 나서 날마다 안부를 묻는다 이종사촌 누이인 달이 천의 얼굴을 하고 밤마다 골짜기와 능선을 넘는 까닭이 혈연 때문이란 걸 몰랐다 하지 말자 참나무가 고백하지 못한 사랑 잉걸불로 피워 삼겹살을 구우면 입안이 저릿하게 녹아난다 말갛게 발효한 쌀막걸리가 핏속에서 빙글빙글 지구를 돈다 홀아비바람꽃 흰각시붓꽃 각시취, 형님이거나 이복동생이거나 누이들이다 옆구리 찌르고 싶어 뻗은 가지처럼 손 내미는 빗방울, 한바탕 악수다

목련

얼큰한 추위가 장딴지 힘을 키운다 툰드라의 냉기 몇 토막 썰어넣고 끓인 고추장국 같은 고산지대 바람이 스무 마리 순록 눈빛을 부려놓는다 초원을 달리던 발자국, 풀과 나란히 돋아난다 발굽으로 두드린 문이 빼꼼히 열리는지, 하늘 귀퉁이마다 하얀 발굽들, 3천 킬로미터 밖에 두고 온 설원이 그리워 귀 쫑긋 세운,

한 마리 착한 순록이 서 있다

우물

목마를 때 경주 박물관 간다
뜰 앞 우물에서
공손하게 물 한 바가지 떠먹는다
이 우물 앞에선 텅 빈 마음이 바가지다
조용히 눈감으면
물이 고여와 넘친다
넘쳐흘러 하늘에 가 고인다
하늘 한 바가지 떠먹기 위해
새들은 몸속을 텅 비운다
누가 맨 처음 허공에 우물을 파고
청동의 치마를 둘렀을까
거꾸로 매달려 있어도
낭산* 너머로 흘러가는 반월(半月)
우물 속에 잠겨 있다
때가 되면 텅 비어지는 몸을 들고
목울음까지 차오르는 에밀레
한 바가지 퍼서 월성(月城)이 젖도록
흐득흐득 마시다보면
우물도 달을 퍼서 마시고 있다

* 낭산: 선덕여왕릉과 사천왕사 터가 자리한 경주 보문에 있는 산.

참개구리 한 필

내가 걷는 길 속에 참개구리의 길이
가로질러져 있다 뱁새와 청둥오리의 길이
걸쳐져 있다 경칩 한 필 잘라 나들이옷 해 입은
참개구리 가족이 무논을 살피러 간다
하늘이 놀러온 옷 대대로 전하려면
울음 죄 풀어놓아야 한다고
봄이 물레를 잣는 동안
선지 빛 울음 올올이 풀어놓는 봄밤
꿈의 선문답이 그려져 있다는
광목 한 필
진달래가 발그레 화답한 광목 한 필을
전해줘야 한다고
벌레가 새의 뱃속으로 북을 던지고
되받아 옷 한 감 짜는 사이
자주 실이 끊어져 봄을 다 짜지 못할지도 모른다고
서둘러 도로를 가로지르는 참개구리 가족
배냇짓 한 필 짜려면
북을 받아주는 무논의 팔이 꼭 필요하다고
꽃잎의 등을 두드리는 울음의 체력이 떨어지기 전에
어서 가자고 어서 가야 한다고

시지리 사람들

편질리아 6세의 저녁이다 밖으로 나오지 말 것을 명령하고 혼자만 누렸다는 저녁, 어둠에 지워져 유령처럼 지냈던 시지리 사람들, 박탈당한 그들의 저녁이 쫓기듯 마신 와인처럼 붉게 번진다 핏속에서 거칠게 솟구치던 분노가 센 강을 흐르게 한다 격렬했던 순간이 유람선을 흔든다 그 흔들림이 고대 시지리 저녁을 통과한다 볼 수 없었던 저녁, 1년에 단 하루였지만 평등한 저녁을 되찾기 위해 편질리아 6세를 폐위시킨 날도 오늘이다 저녁이라는 느리고 긴 다리, 그 다리를 건너 가족의 자리로 돌아오려고 일어선 날이다 식탁에 오를 저녁을 적시며 와인 속으로 흘러가는 센 강, 핏속에 더 큰 강을 낳는다 이웃으로 돌아와 말없이 출렁이는 시지리 사람들, 천 년 전 사라진 저녁을 다져 구워낸 이야기 한 판, 빙 둘러앉아 파란 보름달 듣고 있다

소래포구

소리가 노래로 정박하는 소래포구에 가면
소금의 소리 소라고둥의 소리
콩게의 집게발이 펄 옆구리 간질이는 소리
먼저 와 닻을 내리고 있다
파도의 후렴구를 하나씩 물고
바지락이 파도와 화음을 맞춘다고
꼬막의 입속에 한 됫박 소금을 퍼 담는다
소래포구 가자는 말은
소리에 닻을 내리고
한 사나흘 정박해 있자는 말이다
밀물 썰물로 소리의 결구를 맞추자는 말이다
소래포구 가자고 하면
낙조에 볼 비벼보고 싶다는 말이다
염전 한 채 들여놓고 싶다는 말이다
천일염 같은 소리만 한 됫박
꾸덕하게 담아보자는 말이다
소래포구 갔었다는 말은
소리로 정박한 포구가 되어봤다는 말이다
꼬막의 입으로 바닷말 삼켜봤다는 말이다
허연 소금의 갈기로 나부끼는 파도 한 소쿠리
무진장 반짝이는 물비늘로 싣고
한 사나흘 멍텅구리배가 되어봤다는 말이다

욕지도

욕지거리는 허옇게 거품을 물어야 제격이다
막걸리 한 사발 하고 방파제에 나가면
욕쟁이 할머니 씨부렁거리는 소리 들린다
욕을 들입다 부어야 목이 트인다고
욕이 트이지 않으면 아직 말문이 트인 게 아니라고
멱살부터 잡고 보는 거친 입담에
방파제도 덩달아 씨부렁거린다
한 사발 욕지거리로 자빠지라고
냅다 업어치기하는 한판 실랑이 끝에
밑창까지 까뒤집고 부서지는 넉살이 보기 좋아
사람들은 욕지도로 모인다
혓바닥에 욕이 올라붙어야
뼛속까지 뚫린다는 걸 모르는 쌍것들은
공짜로 친구하자는 참말귀를 모른다
욕쟁이 할머니
시펄시펄 소리가 막걸리 한 사발이다
이런 떠그럴 세상이 왜 이래
같이 씨부렁거려야 혼자 피박 쓰지 않는다고
목에 걸려 넘어오지 못했던 것들
다짜고짜 패대기부터 쳐주는 욕쟁이 할머니
저 환장할 육두문자에
시원하게 멱살 잡히고 싶으면
한 열흘 욕지도에 다녀올 일이다

7번국도

그는 수상스키를 타고 출근한다
눈을 멀리 두면 물보라를 일으키는 발밑
퇴근 땐 어김없이 북극을 향해 시동을 건다
기러기가 되어 날고 있는 7번국도
부서지며 흘러가는 것들이
부딪치며 손 섞는 모습은 얼마나 눈부신가
잠에서 탄생할 때
그를 받아 안는 건 바람의 손이다
물방울로 짠 푸른 천을 펼쳐
한 마리 봉황처럼 날고 있는 동해
가끔 영화에서처럼 동해를 몰고 부릉부릉
광속 추월 페달을 밟고 북극으로 내달릴 때
시선을 관통하며 부서지는 까마득한 별빛
활처럼 원근법에 저장해두고
돌아갈 길을 돌아다보면
말없이 V자를 그려주는 기러기 1만 마리 눈빛
처음부터 오로라를 향해 시동을 걸어놓고 있다
물보라를 몰고 출근하는 7번국도
눈을 멀리 두면
도로는 강으로 진화하고 있다

겅중겅중

걸어다니는 공기를 본 적 있다

공기놀이하듯 나뭇가지와
나뭇가지를 건너뛰어
하늘로 한 발 올렸다 재빨리

호수의 달에서 아침의 이슬로
축구장 10번의 발을 빌려 달을 굴리고
철새떼로 내려앉는 군락

은빛 수면을 뛰노는 햇빛의 발이 되었다가
태양을 밤의 골망 속으로 차버리고
구름 속 북을 찾아내 발길질하는

열매로 발 벗어놓고 쉬다가도
꽃으로 신발 갈아 신고
사뿐, 봄을 걸어가는
그 앙증맞은 발로

겅중겅중

2부

어머니가 사는 곳

옷이 엄니 손같이 느껴지는 날
나는 아이처럼 엄니가 벗겨주던 대로 옷을 벗는다
물끄러미 앞섶 바라보던 콧날 참 따뜻하다
내 안의 것을 보는 듯한 눈빛
한 종지 미소 같은 단추를 끄른다
눈물 가득 고인 조그만 호수
주름진 엄니 손마디 물결처럼 일렁인다
얼룩진 윗도리 벗어 빨래통에 던진다
던지면서 돌아앉는 뒷모습에 얼른 다시 줍는다
엉거주춤 벌린 두 팔
엄니가 안아 달랬을 세월 안겨 있다
단단히 여며주지 못해 힘들어하던 모습
후줄그레 어려 있다
벗어든 옷으로 엄니 잠시 나를 보듬는다
부스스 까슬하다
주름진 옷 속 조그만 엄니
빨래통에 넣으려다 말고
부둥켜안고 한참 참는다

장마

어둠은 장마다
몇 걸음만 걸어도 장막처럼 쏟아진다
처음부터 지독하게 젖어 있어
장마인 줄 모르는 것일까
손전등으로 우산을 만들어도 그때뿐
북상중인 장마전선보다 먼저 와 있는 어둠을
사람들은 굳이 밤이라 부른다
장대비 속에서 누군가 구조 신호를 보내고 있다
상향등을 들고
그가 달려가는 하늘은 어디일까
잠시 쉬어가는 휴게소 같은 생
서둘러 우동 한 그릇 비우고
다시 장마 속으로 몸을 던진다

야간 학교

논에 물 대듯 칠판에 은하를 대어놓고
담임선생님은 보이지 않는다
어둠 한 장 넘길 때마다
밑줄 긋는 별똥별
교장선생님은 두꺼운 안경을 쓰고
아이들 주변을 토성처럼 돈다
칠판이 넘친다 이리 와보렴
달의 이마에 올라앉은 토끼가
아이들을 불러모은다
어둠은 아주 두꺼운 교과서지
그걸 모두 읽은 사람은 없단다
네 안의 어둠엔 맨드라미와 해바라기가
두텁게 눌러쓴 시간이 자라고 있지
날마다 한 장씩 달빛에 말리다보면
눈빛은 금세 얇아진단다
어둠 너머 칠판이 넘친다
다리만 남은 백묵을 칠판에 올려놓으면
아이들 눈 속 별을 밟으며 토끼가 뛰어간다
피곤한 아이들이 잠 속으로 달려간다
논에 물 대듯
아이들을 칠판에 대어놓고
선생님은 보이지 않는다
칠판 속으로 졸음이 넘친다

배추

하나의 동작이 입안에서 버무려질 때
거기엔 군침이 있다
햇살과 바람이 입술 포갠 배추에는
끓어넘칠 때의 비등점이 있다
솟구치는 힘 다잡아 펼친 들끓음이 있다
자라는 게 아니라 끓어넘치는 배춧잎
삼켜지는 것에는
자르르 돋아나는 접점이 있다
바람이 구름과 등 맞댄 솟구침이 있다
밀어내는 힘으로 부둥켜안은 울먹임이 있다
끓다가 끓다가
기어이 비등점을 넘어버린 소나기
고스란히 받아 안고 합장한 배춧잎
흙과 비가 혀 맞대고
끓고 있다
꼴깍,

이팝 1

입맛이 까칠했던 게지
저렇게 한꺼번에 침 뱉어놓은 걸 보면
몸속에 게 한 마리 키운 게지
뒷걸음치다 주저앉을 수 없어
혀 깨물고 있었던 게지

바람이 일 때마다 허옇게 부서지는 젖살
정말 먹이고 싶었던 게지
보낼 수 없는 것을 보내
살이 아프다 안으로 곪아터지면
입안에 거품이 이는 걸
죽어도 몰랐던 게지

아버지 돌아오지 않는 탄광촌 언덕
쌀이 익어 이밥처럼 쌀이 익어
허옇게 흐드러진 게지
먹일 수 없어 입으로 끓어오른 햇살
퉤퉤 뒤집어쓰고 허허 곡 하는 게지

이팝 2

무엇을 두드려 단번에 열렸나
내 눈의 벽면을 채색한 어둠
풍경으로 돌아앉는 밤이면
뼈와 힘줄 사이에도 달이 떴다

튀밥 부스러기처럼 흩뿌려져 있는 별
여기까지 오기 위해 빛의 터널을
차창처럼 내어걸고 참 멀리도 달려왔다

별빛으로 건축한 가지에 주렁주렁 열린
번식력이 강한 시간의 알갱이들
톡톡 터져 하나씩 날개를 물고
수만 가지 빛으로 분가하느라
꿈을 중얼거리는데

은하의 계절이 오고
꿈이 고파 이밥 같은 꿈이 고파
하하호호 까무러치는 이밥
어디서부터 터졌길래
저리도 하얗게 발광하나

능소화

오래 바라보면 옮겨붙는다
한번 타오르면
꺼지지 않는다
골목에 찍힌 선연한 발자국
붉다못해 불이다
뜨거워 건들 수 없다
몸 던져 달려간 흔적
혼자 남아 국경처럼 지키는
젊은 날의 성화
외로움은 불이다
꺼지지 않는다
오래 바라보면 기어이
옮겨붙는다

등대

며칠째
파도가 아프다
앓아누운 섬을 문병 갔
다 온 후다 내 어깨에 손 얹
은 노을에서 신열이 난다 내게 자
꾸 안부를 묻는다 괜찮으냐는 말은 아
무도 하지 않는다 제 볼때기 때려 멍이 든
바다 멍이 든 것은 바다만이 아니다 가볍게 치
고 빠지는 것 같아도 그 몸놀림에는 울음이
섞여 있다 울음은 아무리 가벼워도 부딪
치는 순간 전염된다 아무리 말을 삼
켜도 목이 멘다 점점 커지는 울
음의 면적 덮을수록 퍼렇게
드러나는 슬픔 홀로 지
키는 등대 끝내 수
직으로
운
다

찬밥

언제 저렇게 많은 알을 슬어놓았을까

식탁 위 고들고들한 밥
형광등 불빛 오밀조밀 들어앉아
금세라도 깨어날 듯 꼬물거린다
말간 빛의 알갱이
한 숟갈 떠 입에 넣는다
생의 막장마저 물어뜯는 것일까
공복의 창자가 꼬리에 꼬리를 물고 요동친다
찬밥 한 덩이로 버티기엔 너무 먼 하루
가다 가다 어깨 처진 그믐 같은 슬픔,
한 번 더 불어터지고 있다

식탁 위, 섬처럼 떠 있는 밥그릇
살갗도 대지 않고 언제
저렇게 많은 허기를 고봉으로 낳았을까
삭발한 희망 한 덩이로 웅크린 반달
갱도를 비추는 흐린 램프 같다
어디든 막장이라고 꾸역꾸역 안전모를 눌러쓴다

몇 번의 굴절을 더 거쳐야
더운밥 둘러앉아 먹을 수 있을까
각삽 같은 숟가락으로 눈물을 캔다

한때 물컹했던 기억
갱차에 퍼 담는 반지하 거실
어깨 처진 슬픔, 한 번 더
불어터지고 있다

어머니의 양탄자

이불을 편다 하루종일 접힌 굴곡을 편다 두 발 뻗듯 반듯하게 편다 수평선이 조금 출렁인다 파도가 일어서는 가슴 언저리 삐뚤삐뚤한 기억도 허리를 편다

어머니가 손을 펴면 내 몸에 만월이 뜬다 내가 덮고 잔 제일 포근한 이불 아직 다 펴주지 못한 것이 있다는 것인지 손금 속 밑줄로 몸 낮추고 가만히 이마를 짚어오는 어머니

언제부터 날고 있었던가요

디스코텍

박새 꽃기린 괭이눈 노루귀 제비동자꽃
기생꽃 홀아비바람꽃 애기똥풀 각시붓꽃
각시취 며느리밑씻개 미나리아재비 노인장대

춤판, 제멋대로 벌여놓고
바람이 불 때마다 은근슬쩍 입술을 내민다
바람의 엉덩이가 된다

앞산 진달래

속잎 눈뜨는 소리
종소리보다 크게 들리는 봄날
때마침 구름 대합실까지 들려
황급히 출발하는 버스에
잘못 올라탄 천사
벌처럼 춤으로만 말하는 천상계
세워주세요 세워주세요
엉덩일 흔드는데 그만
지상계 문턱 넘어서고 말아
가지마다 내려준 승객들 따라
버선발 내려놓고 만 봄날
한 열흘 죽어라 앓다 창문에 기대선
팔뚝 살 뒤집어놓은
피멍 든 입술로
저기요, 여기가 어딘가요
유독 내 귀에만 들리는
연분홍 목소리
뎅그렁

콩나물

곧추세운 코브라 대가리
이빨 잃고도 기죽지 않는
단단한 고요의 음계
정지 화면
멈칫, 하면 먹힌다
그게 그가 진화시킨 포획법
반쯤 먹힌 손으로
모가지째 뽑아 끓는 물에 넣는다
몸뚱이가 허물어져도 풀어지지 않는 독기
진간장 고춧가루로 절이고 버무려도
말짱 쌩쌩
조금도 공손치 않다
고요를 포획하고 어둠마저 포획했음인가
입에 넣는 때를 기다려
이빨 사이로 대가리 들이민다
몸은 버리고 머리로 살아남는 게
진화의 다음 단계라고
머리 전부로 눈 동그랗게 치뜬다
이런 독기 하나 있느냐고

휴일 오후 아파트 놀이터에 쌓인

휴일 오후 낮잠이나 자려 누우니 거친 새소리 들린다
첫 발성처럼 소리가 덜 트인 새소리 25층 거실 바닥에 내려앉는다
한때 나도 새의 자손이었다는 생각이 날개를 편다

너무 멀어 무슨 말인지 알 수 없는
말은 사라지고 소리만 남아 맹렬히 솟구치던 기색 그대로 25층으로 날아오른다
사람이란 의식조차 맥 놓고 있을 때 새소리 거실을 퍼덕퍼덕 날아다닌다

아이들 입부리로 쪼아놓은 소리가 검독수리에 쫓기는 멧비둘기처럼 내 귀를 덮친다
화들짝 놀란 내 안의 장끼가 공중으로 튕겨오른다

휴일 오후 무심코 날아오른 새소리의 편대에 합류한다
대장 아이가 수탉의 목청으로 부리부리한 소리를 날려보낸다
때아닌 소리의 날갯짓으로 오후의 아파트 단지가 하늘 높이 솟구쳐오른다

먼먼 숲속에서 하늘을 가로질러 건너온 초록 만개한 소리의 날개가

군무를 이루듯 날았던 오후의 아파트 단지
25층 까마득한 허공이 날개의 편대가 된다

편대 비행을 타고 잠의 기류에 올랐다 내린 어스름
25층에서 내려다본 놀이터엔 몇 수레는 됨직한 깃털이 떨어져 있다

반딧불이

한 무리 반딧불이가 발광한다 몸에 불을 켜고 미소보다 10촉 밝게 빗금 긋는 반딧불이, 10촉 10촉 바위도 짚단도 불을 낸다 자작나무 언덕에 불이 들어오면 억만 송이 고요에도 불이 켜진다 마침내 어둠도 아이 볼살처럼 통통해졌다고 함박눈이 펑펑,

못점

점만 남기고 몸을 숨길 때 끝까지 잡아주는 힘이 된다 어머니가 그랬다 아버지도 점이었다 번듯한 이름자 하나 남기지 못하고 박씨로 죽은 듯 박힐 때 가족을 잡아주는 힘이 됐다 그 흔한 영산댁으로 평생을 머리 한 번 내밀지 않았지만 6남매를 지켜냈다 머리는 한 지점만 지켜내는 표식이어야 한단 걸 언제 알았을까 점만 남는 마지막 족적에서 뿌리가 자란다 내가 누군지 모를 때 머리 내어주고 대책 없이 맞았다 안으로 삼킨 아픔이 못으로 박히는 걸 그때 알았다 필사적으로 움켜쥐었던 아버지 순한 눈빛이 내 몸에 박혀 있다 빗방울 망치에 정수리 내어주고 마지막 모를 심고 허리 펴던 어머니 모진 인고의 사랑이 두 눈 깊이 박혀 있다 한쪽으로 기운 의자를 버리려다 말고 저는 다리 중심에 대못을 박는다 못점에 든 의자가 점잖게 자리를 고쳐 앉는다

고추나무

고추 모종 두 그루 심어놓고 근황을 살핀다 언제 목이 마를까 언제 가장 깊은 속엣말로 꽃을 만들까 수줍음 많은 고추가 꽃도 많이 피운다는데 그리워할 만큼만 물 주는 법을 알아내려고 아침저녁, 떨어진 그늘의 농도를 살폈다 베란다에 별이 내려 자주 동침한 다음날이면 물관 속 열기를 하나씩 토해놓았다 그 작은 눈총이 새끼란 걸 알아볼 즈음 댓바람에 달려갈 기세가 키를 한 뼘 늘였다 바람이 고춧대를 흔드는 저녁, 누에똥 같은 입을 열고 흰 꽃 울음을 터뜨렸다 그 울음 속에 때아닌 별의 축전이 내 귀로 쏟아졌다 목소리가 유독 푸른 놈 몇 골라 저녁 밥상에서 된장 듬뿍 찍어 말의 화구에 불쏘시개로 밀어넣었다 고추나무 그 푸른 울음에서 내 몸에도 군불을 때야 말이 따듯해진단 걸 배웠다 푸른 키 한 채 내 눈에서 사라지는 밤이면 온몸으로 불꽃이 되는 고추나무, 난 언제쯤 붉은 속엣말 화끈하게 건네볼 수 있을까

3부

색채 여행

수묵은 강이다 나는 그걸 하늘이라 읽는다 내 눈에 번지는 것으로 강을 만드는 수묵, 그 흘러감은 영감이다 수묵으로 꼬리를 감춘 구름 흘러간다 그 왁자한 묵상에 귀가 번진다 바람도 제 살 풀어 흐름을 보탠다 흐르지만 불기도 하는 건 그 때문, 소리가 번지지 않으면 하늘을 얻은 게 아니다 수묵의 잎에 옮겨다놓은 굵직한 물살을 나는 굳이 잉어라 읽는다 커다란 물살을 덮어 눈을 감고 있는 건 그냥 흘러가라는 것, 번지며 밀려오는 잔물결 안으로 돌려놓고 분주한 입질이다 박쥐난처럼 날개의 내면을 다 덮은 구름 이파리들이 밖을 잠그고 벽 속으로 강을 풀어놓는다 잎으로 번진 영감의 꼬리가 흔들린다 지나가던 별똥별 무리가 성운인가 싶어 맨몸으로 뛰어든다 묵상의 귀가 한 번 더 번진다

의자 7

사과나무에 누가 의자를 걸어놓았나

사방 다 보이는 자세로 앉아보는 응시가

고요의 극점에 둥글게 몸 들여놓고 있다

앉아보지 않고는 의자인 걸 모르는 의자

하필 열매로 앉혀두려는 생각은 누가 했을까

사방을 한꺼번에 다 봐야 익는 숨결이 붉어질 때

햇살과 바람이 사이좋게 앉아 있다

천둥과 무지개가 어깨동무로 앉아 있다

구름을 끌어다 무릎을 덮고 있다

사과를 치우자

의자는 어디로 갔는지 없다

조팝꽃

간지러워 눈이 뒤집혔다
헤헤헤 날아든 벌과
종일 앵앵거리며 시비를 걸고 있다
팔 걷어붙이고 있다

보는 것만으로도 가렵다
소곤소곤 귓속이 반짝인다
손잡아볼라치면
눈 좌다 동그랗게 뜨고 쳐다본다
어디 한번 만져봐라
팔 늘어뜨리고 있다

잡을 수가 없다
미끌미끌 간지러운 송이 눈빛
잡을 수 있는 손이 없다

익을 대로 익은 간지러움 둥글게 끌어안고
익을 대로 익은 미끄러움 터질 듯 차려입고

배내 가는 길

태봉마을 지나 배내 가는 길
송골산방 들러 하늘 몇 평에 눈 맞추고
헹구듯 굽이굽이 골짜기 돌아가면
배꽃이 내를 이룬 바다

흰 살결 떼 지어 돛을 세우고
무더기 정박해 있다
먼 우주로 출항을 서두르는
봄에만 항구가 서는 바다

항구가 서고 7일 시집가는 날
지상에서 가장 흰옷이 어울리는 때에
우주로 통하는 문이 열린다고
1년 중 열흘만 항구가 되는 바다

소리 없이 배꽃이 지면
아득해지는 그때
빛살처럼 몸이 열렸다 닫힌다
어디까지 갔다 왔는지 모를 흰 속살
한 열흘 손 흔들고 나면
굽이굽이 내 몸에도 배꽃이 핀다

상다리 부러졌다

나무는 제 몸이 잔칫집 되기를 기다렸다 술에 취하지 않고 속낼 보여도 되는 때에 푸른 속 태워 꽃부침개 구워 가지에 걸어놓으면 잔치 준비는 대충 끝난다 먼 곳을 떠돌던 새가 날아와 허공에 고수레를 외친다 눈요기에 벌써 배부른 구름 몇 잠시 머문 사이 상다리 하나씩 부러진 봄날에 털썩, 주저앉아 일어나지 못하는 손님들,

꽃 흰 살결이 기어이 오후의 상다리를 부러떠린다 그러다 그러다 한 무더기 두 무더기 책임질 것을 책임지지 않아도 되는 때가 오면 허공이 죄 몰려와 꽃잎 한 상 비운다 아무리 쓸어담아도 담을 수 없는 봄빛 한 상, 상다리 부러져 차려낼 수 없다 일러도 일어나지 않는, 이제 잔칫집에 남은 손님은 털썩뿐,

탑

돌은 몇 개만 쌓아도 탑이다
가지 위에 가지 올린 나무도 탑이다
한 발 위에 한 발 올려
산에 오르면 탑이 되는 사람들
몸 위에 몸 하나만 올려도
삼층탑이다
구름 위에 달을 올렸다 해를 올렸다
수금지화목토천해
누가 쌓은 탑일까
꽃잎 위에 꽃잎 올려
탑 쌓기 놀이에 분주한
애기똥풀 형제
나뭇잎 몇 장 띄워 탑 쌓고
골짝을 돌아 탑돌이 나선 냇물
서로를 무등 태운
몸 낮춘 생강
일파만파가, 모두
기단석이다

주남 저수지

누가 벗어놓은 신발일까
달도 신고 구름도 신는다
무당벌레 장수하늘소도
발성법 연습하듯 또박또박
신는다
가창오리 날개에 돋아 있던
천둥과 번개의 잔뿌리
구름 운에 맞추어
신는다
발 디딜 틈 없는 고요
물방개로 수놓은 신발 코
개구리도 풍덩!
신어본다
갈대는 언제부터 신발 군락지가 되었나
풀로 자란 무성한 바람
우우 떼 지어 신어보고 있다

고란사 가는 길

구불텅 과거로 휜 길에
달이 뜨네
왕조의 눈썹 그리려
굽이굽이 백마 타고 달리는 나무
숨찬 물음만 툭툭 던지네
기억에서 뜬 3천 개의 달이
고란초에 숨어들었다는
고란사는 어디에 있나
석탑 앞에 엎드려
3천 개의 눈물로 엎드려
기어이 한번 목놓아야 하는데
고란사여 보이지 않는 고란사여
달그림자 그렁그렁한 낙화암
다 못 읽고 돌아앉은 고란초여
그 눈물 굽이굽이 발등을 찧네
가도 가도 보이지 않는 고란사여
퉁퉁 부은 발등에서 달이 뜨네
3천 개의 달이 뜨네

발

발 달린 벌을 본 적 있는가
벌에게는 날개가 발이다
우리와 다른 길을 걸어
꽃에게 가고 있다
뱀은 몸이 날개고
식물은 씨앗이 발이다
같은 길을 다르게 걸을 뿐
지상을 여행하는 걸음걸이는 같다
걸어다니든 기어다니든
생의 몸짓은 질기다
먼저 갈 수도 뒤처질 수도 없는
한 걸음씩만 내딛는 길에서
발이 아니면 조금도 다가갈 수 없는
몸을 길이게 하는 발
새는 허공을 밟고
나는 땅을 밟는다는 것뿐
질기게 걸어야 하는 것도 같다
질기게 울어야 하는 꽃도

장다리물떼새

수평선은 왜 의자인가
왜 구름은 물방울 궁전인가
자벌레는 왜 머리와 발을 맞대어보는가
왜 하필 내 색시는 저 작은 풀꽃인가

몸속에 꿈의 능선을 하나씩 마련하고

조가비가 바다제비의 섬일 때
바닷가재가 소라가 닿고 싶은 하늘일 때
노오란 꿈결이 장다리꽃 눈망울일 때
내 발뒤꿈치가 장다리물떼새가 날라놓은 강일 때
플라타너스가 한여름 매미 소리의 슬기둥일 때
물비늘이 흰털발제비를 날 때
생겨난 능선이 생겨날 능선을 업을 때

소눈을 빌려 산너머 호수가 놀러온다

키 큰 하늘나리 어깨에 걸터앉은 저녁의 귀에
별 몇 송이 걸리는 때에
봉선화 붉은 앞섶은 왜 봉긋해지는가

물방울 나라

이슬이 굴러 무당벌레 머릴 친다 상상해봐
화난 듯 알록달록해지는 모습이라니
토란 잎에 붙은 이슬을 치어라고 상상해봐
누가 꼬리를 안으로 말고 있다 생각하겠어
햇살이 치어의 등을 간질이면 순식간에 숨어버리지
파란 하늘에 치어들이 와글거린다니
가장 맑은 눈으로 헤엄치는 치어를 상상해봐
몸통도 꼬리도 눈 하나로만 뜨고 있는 치어라니
등을 쓰다듬어주면 물 한 방울 뱉어놓고 달아나지
몇 놈은 수련 뒤로 숨어들기도 하지
그러나 찾아볼라치면 거짓말처럼 숨어버리지
거기 어디쯤 강이 있다고 상상해봐
치어들이 그 쪼그만 눈으로 굴려먹는 물소리라니
또르르 눈만 굴리다 사라지는 치어떼를 만나고 싶어?
가지마다 부레를 걸어놓고 있는 새벽 숲속으로
천천히 걸어들어가봐
입질이 느껴져?

배리 삼존불

세 개의 단어가 발음기호 밖에 서 있다
한 줄로 쓴 문장이지만 읽히지 않는다
추사체처럼 그림 글자여서
쓰지 못하고 그린다
나란히 있다고 삼존불이지만
다른 숲 다른 하늘을 입고 있다
사람의 모습을 하고 부처로 사는 일
염원은 천 년을 천 번 산다고
촛불 켜고 불공드리는 사람들
엎드리면 영생에 닿는다는 듯
엎드리고 엎드린다
거기 누워 한잠 자고 나면
한 백 년 지나갈 듯
발음할 수 없는 것은
소리내어 읽는 것이 아니라
마음에 그리는 것이라고
발음기호 밖에 서서
배를 그려 달을 발음하고 있다

황룡사 구층탑

비가 온다 비가 오면
황룡사 구층탑이 장대처럼
하늘을 받치고 선다
배반동 들녘 끝까지
서까래 없는 집을 짓는다

대문도 없는 큰 집에
혼자 사는 선덕여왕
속치마 같은 첨성대가
드러내놓고 비에 젖는다

비가 온다 비가 오면
낭산 너머 토함까지
먹구름으로 지붕을 덮는다
구층탑 같은 사내와 천 년을 살
대궐보다 큰 살림집을 차린다

비가 온다
만파식적 입에 물고
서까래 없는 비가 온다

만파식적

대죽을 자르자 피리 소리가 났다
불(佛)을 국(國)으로 든던 날이다
이서국 거인이 월지 속 다보탑을 뽑아
불토(佛土) 위에 세우고 토함으로 엎드린 날이다
안개는 열흘 동안 불국(佛國)을 삼켰고
열하룻날 첫해가 뜨자 대죽은
침묵을 새파란 잎으로 베어 물었다

청운교 지나 불국 가는 길
금강송 뾰족한 이파리로 각성한 깨달음이
때마침 비로 쏟아진다
우기의 진창을 연꽃으로 피운 연화대
금개구리가 불국불국 운다

소리의 염원만 건너간다는 백운교
연꽃들의 합장에
둥글고 단단한 선으로 잠든 다보탑
그 잠을 지키는 사자가 앞발로
지그시 눌러놓은 범종 소리
서탑(書塔)은 오랜 너그러움에서 움튼 듯
네 기둥으로 불을 떠받치고
다시금 천 년의 잠에 빠져 있다

광고로 깨어나는 아침

사거리 횡단보도를 사이에 두고 분수대약국과 모텔 파라다이스가 있고 21세기헤어숍과 신세대약국이 있다 약간 비켜서서 제우스PC방이 있고 뉴사랑노래연습장이 있고 먼 추억 같은 목성보리밥집이 그보다 더 먼 고구려의 후예 온달생맥줏집을 마주보고 있다

대성가든 주차장에서 바라본 아침은 분주한 이름들뿐이다 무슨 일이 있는 것도 아닌데 바쁘게 보도를 걸어가는 사람들, 동천입시학원 지나 포토방을 지나면 삼오이발소가 있고 그 옆에 신세계농약사가 있다 신풍전업사 맞은편에 왕손짜장이 있고 주차장이 넓은 원조할매곰탕이 쪼리쪼리분식을 마주보고 있다 그 옆 비학산생칼국수를 지날 때면 배가 고픈 것 같은 느낌이 들고 한방왕아구찜을 지나 참새구이보다 고소한 유황오리숯불구이를 지나면 점심때도 한참 지난 듯 허기가 진다

내가 근무하는 공장 직판 가구마을까지는 아직도 한 구역을 더 가야 하는데 무심코 지나다니던 길이 갑자기 반기는 날이면, 이름 불러주지 않을 수 없다 여자 동창이 운영하는 퀸레스토랑 지나면 유성꽃화원이 있고 금손안마시술소가 있고 그 맞은편에 미래꿈나무교실이 있고 행복예식장이 있고 신혼미용실이 있다 고도가 높아 슬픈 보람생명을 돌아서면 울릉도꽃게해물탕이 있고 로데오찜질방과 대보수산

이 날마다 파도로 목욕하는 북부해수욕장을 마주보고 있다

바다를 가슴에 풀어놓고 돌아서면 또다시 반기는 이름들, 내 마음의 규장각 홍익책마을 지나 고려세탁소 지나면 누렁이한우촌이 있고 대성흑염소와 아담슈퍼가 농부네청과식품과 어깨를 맞대고 있다 그 맞은편에 흙사랑도예공방이 한마음인테리어와 나란히 서서 맞아주는 그 오른쪽에 가구마을이 있다

오늘도 참 좋은 여행 신라관광을 타고 걸어서 출근했다 밤낮없이 눈높이를 맞추려고 발돋움한 따뜻한 이웃들, 한 번씩 부르며 지나온 이름들이 그리움 간간한 등불을 걸어놓고 나를 반겨주고 있다

4부

포도 벌레 구두

릴케가 없어 릴케가 있다
카프카가 못다 푼 말을 이상이 중얼거린다

잘 익은 포도 같은 시를 쓰고 싶어 포도밭을 산책하는 릴케
벌레가 된 카프카를 신경질적으로 따라 걷는
비쩍 마른 이상의 구두

—취기를 춤추는 포도가 시의 심장이다
—너무 언어를 눌러쓰면 벌레가 된다
—지상을 날고 싶다면 여자를 슬쩍 걸치면 그만이오

오랫동안 사람을 떠돌아다닌 언어가
나를 거처로 삼고 들락거린다
비쩍 마른 구두가 벌레 흉내를 내는 여름이 오면
인간의 어떤 말보다 달콤한 포도가 익는다

황금 가재

가재는 불을 좋아해 불을 삼키면 나타나는 황금 갑옷, 누구는 그것을 수의라 하지만 그건 하늘을 지키러 갈 때 나타나는 현상이지 집게손을 창으로 만드는 동안 겁쟁이처럼 떨어지는 낙엽도 무서워 바위 밑에 숨어살지 구름재 넘다보면 황금 갑옷의 후예가 사는 불영계곡이 있지 불의 그림자가 어린다는 깊은 계곡 사실은, 차가운 냉기가 뼈를 얼려 뼛속 예기(銳氣)가 은연중 번쩍거리는 것이지 심심한 아이들이 멋모르고 바위 뒤로 손을 넣으면 점잖게, 잡혀주기도 하고 불 먹여주면 갑옷을 슬쩍 보여주기도 하지 그건 황금 창의 비밀을 지키려는 방패일 뿐, 별이 무진장 쏟아지는 가을밤 별똥별 구멍으로 하늘로 올라가지 차가운 한기로 몸속 뼈를 제련하는 불영수련장, 한번 찌르면 그 무엇으로도 막을 수 없는 창을 만들기 위해 뒤로만 물러서는 가재, 가장 날카로운 결의는 청정한 깊이에 터를 잡을 때 한 점의 예기도 드러내지 않지 혹, 그런 가재를 잡았다면 잡혀준 그 정의를 모른 척 잠시, 고개 숙여 인사하고 정중히 놓아주시라 결코 그 창을 직접 볼 수는 없을 터이니

누가 책을 몸으로 듣는가

아이새도가고양이족을상징한다들었다
지위가높을수록눈꼬리가치켜진다들었다
눈살짝치켜뜨면제비족과여우족을구별할
수있다그러나상징은쉽게정체를드러내지
않는다그흔한징후에도늑대족의거점을찾
아냈단보고는없다동물의원적을언어에숨
겼다들었다발톱이모든혐의를인정했지만
규정된것은언어가아니라다듬어진손톱이
다손톱이발그레다듬어진동물을인간이라
정의한혐의로구금되어도서관에갇혀있는
서책에는정작요술램프를찾아가는지도가
없다용마의날개에기록된여자의허리는여
름이다이불후의계절을누가음악으로듣는
가누가음악으로듣는가한줄의글을쓰면한
줄의글이지워진다한줄의글은한줄의글을
지운흔적이다지우면나타나는불새의발톱
에사자와너구리승냥이와요술램프의거인
이인간으로귀화할때꼭꼭숨어있겠다고쓴
혈적(血跡)이있다들었다캄캄한밤중이었다

모자

내게는 랭보의 시집이 없네 반항의 정복자가 밟은 언어의 고지가 없네 한 줄의 시를 막대기처럼 허공에 세워놓고 언어의 집이라고 선언하면서 그가 했을 법한 말을 중얼거려 보네 사람들은 움직일 수 없을 때까지 껴입지 고독은 단단해지라고 준 선물이지만 소용없네 따뜻한 공기는 바깥에 있네 얼어죽었다고 이제 곧 얼어죽을 거라고 슬퍼하면서 랭보가 술을 마시네 랭보가 본 하늘을 한 번만 보았어도 막을 수 있는 참사를, 나무가 추모하듯 모자를 벗네 아아 하늘을 보지 않는 젊음이라니 나무를 막대기처럼 세워 모자를 걸어놓네 푸른 하늘을 입어본 것뿐인데 최후의 젊은이가 된 랭보여, 하늘하늘한 옷이 되려고 압생트*를 마시는가 반항이 전이된 하늘이 여기 있다고 정직한 반영을 한 줄로 세워놓은 묘비에 구름 모자 와서 머무네 단 한 줄의 시, 막대기가 쭉쭉 자라네 구름 모자 눌러쓰네

* 압생트(absinthe): 랭보가 애용했다는 일명 '녹색 요정'이란 독주.

카페 오감도

바람의 잔기침에도 삐걱거리는 카페 문, 각혈 때 열리는 이상(李箱)의 입 같다 지금 누른 의자가 내 궁둥이를 쓰다듬는다 때때로 창문이 마른기침을 뱉는다 창밖 가로등 아래 바삐 달려온 13인의 왼손잡이 아해(兒孩)들이 마지막 각혈 때 떨어져나온 신경질처럼 카페 문을 열었다 닫는다 이제 거리엔 도무지 서툰 어른들뿐, 이상이 앉았던 탁자 위 꽃병이 꽃을 한 움큼 꺾어 쥐고 있다

내실엔 위기의 여자와 위기의 남자가 연애중이다 네모난 상자 속에 네모난 상자 속에 네모난 상자 속에 까마귀도 금홍이를 물어다놓는다 금홍이가 따른 한 잔 웃음, 웃음 속에 뜬 달을 도려내어 햇볕에 쪼이면 깃털로 둔갑한다는 가설을 실험하다 싹둑! 잘라낸 손톱, 매니큐어를 발라 부리를 숨긴 그녀, 대저 언제부터 여자는 새였던 것이냐

달의 예리한 광도(光度), 슬쩍 피부에 문지르면 꼭꼭 숨겨둔 날개, 목에 두른 스카프가 비밀 천궁 문 화들짝 풀어놓는다 한편으로 그것은 막다른 제13골목에서 13인의 이상이 찾아낸 까마귀의 날개, 그 캄캄한 지갑 속에서 여자의 얇은 입술이 씨익 웃는다

도서관 1

햇살이 허벅지 드러내고 아지랑이와 논다 봄이 온다는 풍문이 돌면 잠 깬 개구리 달려와 울음을 푼다 그 소리에 귀가 터진 나무 덩달아 몸을 푼다 파아란 양수가 터지고 알에서 깨어난 울음, 미처 꼬리가 마르기도 전에 제 울음에 맞는 연못을 장만한다 연못이 있는 잎을 찾아가기 위해 청개구리는 비가 올 것 같으면 미리 울음을 던진다 그 울음에 반응하는 조그만 연못에 이르면 그늘을 접질리며 순식간에 울음 속으로 뛰어든다 온몸을 울음으로 던진 개구리가 얻은 득음으로 파랗게 출렁이는 것을 여름은 지겹도록 듣는다 잎 속에 연못이 사는 한철, 청개구리는 반대로 가는 것이 아니라 연못으로 간다 언어의 행간에도 연못이 있고 개구리가 산다 경칩이 오면 행간에서 와글와글 깨어나 울음을 터뜨리는 개구리들로 도서관은 커다란 연못으로 변한다 애초에 개구리와 한 종족이었음을 그제야 알아보는 것이다 행간에서 꼬물거리는 올챙이들, 캭! 캭! 목이 터져라 읽다 꼬물딱 밤샌 아이들, 행간에서 무작정 뛰어든 개구리들로 아이들 눈 밑에 커다란 연못이 들어선다

도서관 2

수인번호 264
면회 신청을 하고 서성이다
관절 부딪는 소리 듣는다
책에도 관절이 있는가
책장 넘길 때마다
으랏차차! 기합 소리

장물이 알차야 형량이 늘어나는 감옥
사형수는 없고 무기수만 어깰 겨루고 있다
오늘 내가 면회 온 무기수는 264
그의 죄목은 주저리주저리 청포도
나는 그것을 한 상자 훔치러 왔다
통념이 되면 너그러워지는 관례에 기대어
그가 훔친 것을 내가 다시 훔친다
글자와의 밀거래는 증거가 없으므로
아무도 그것을 시비 걸지 않는다
파아란 하늘색 안감으로 직조한 눈망울
내 안의 엉덩짝 파래질 때까지 바라보다
책을 덮으면 아무런 흔적도 남지 않는다

하늘이 주저리주저리 파아란 날
무기징역 체험하러 도서관 간다

도서관 3

사막이 직립해 있는 곳엔 가지 마세요 수천만 페이지 모래바람 펄럭이는 구릉, 낙타처럼 걸어가는 독서는 젊음을 화르르 쏟아놓곤 해요 거기 어디선가 별들이 소곤대지만 제 귀는 사르르 스쳐가는 소리만 읽어요 사막을 횡단한 사람도 첫발을 디딘 사람도 똑같이 발을 헛디뎌요 무너지기 좋을 만큼 발밑으로 바람이 흘러요 길이 있다는 말 듣고 길 따라 흘러간 사람은 아무도 돌아오지 않아요 갈증이 깊어지면 모래가 강이 되는 사막엔 가지 마세요 은하수가 불모의 강이라고 읽기 싫어요 낙타가 되긴 싫어요 아버진 오래전부터 모래였어요 바람뿐인 아버지를 낙타라고 읽긴 정말 싫어요

사막으로 출근하고 사막으로 퇴근하는 사람들이 발견한 아버지, 수천만 페이지의 사막을 다 건넌 사람은 없어요 사막을 횡단하다 사막이 되어버린 아버지, 아버질 펼치면 오아시스에서 별 헤고 있는 어머니, 스스스 미끄러지기만 하는 어머닌 언제부터 유사의 강이었나요

바람을 만나야 길을 얻는 모래에게 바람은 낙타란다 낙타의 등에 올라타렴 모래처럼 스스스 달려보렴 다시는 돌아올 수 없는 곳이 있다는 건 얼마나 큰 위안이니

타박타박 낙타처럼 걸어가는 활자들,
길 잃으러 사막 간다 길 버리러 사막 간다

바이칼* 1

바이칼에 가고 싶다 생각하다 바이칼에 빠졌다 바이칼이란 무슨 뜻일까 태초의 어머니나 큰 거북일 거란 물결이 나를 덮친다 어떤 말은 실제보다 거룩하다 타클라마칸**이 그렇고 킬리만자로가 그렇다 나는 진정한 연애를 꿈꿨고 열병의 타클라마칸을 횡단하고 싶었다 맨몸으로 바이칼을 헤엄치고 싶었다 아니 킬리만자로의 무산소층에서 막 핀 개나리 같은 하늘로 첫발을 들여놓고 싶었다 쉼없이 물을 마셔도 갈증으로 목젖이 내려앉는 타클라마칸에서 낙타는 목청껏 발을 굴린다 걸음을 떼는 순간 정복당한 킬리만자로는 다만 높이의 수식에 불과하다 그러나 한번 빠지면 다시는 돌아올 수 없는 바이칼은 발이 아니라 몸을 원한다 몸을 던지라고 시퍼렇게 눈뜨고 있다 죽음보다 깊은 연애처럼

* 바이칼: 타타르어로 '풍요로운 호수'라는 뜻의 바이쿨에서 왔다 함.
* 타클라마칸: 위구르어로 한번 들어가면 다시는 돌아올 수 없는 땅.

바이칼 2

지표상에 있는 담수의 1/5을 수용하는 아라사와 중원 대륙에 걸쳐 있는 세계 최대의 호수, 내륙의 바다라는 바이칼에서 나는 어머니를 생각한다 지상의 담수가 남김없이 고여 있을 눈물, 오직 그 자식만 알아보는 물길로 걸어가 닿은 모성의 지평이 원시의 바다를 꽝꽝 잠그고 있는 겨울

걸어잠그는 힘으로 다시 놓아줄 때 떠난 자들이 돌아온다고 말하던 어머니, 투르크족 전사의 아내로 살려면 칼바람을 키울 수 있어야 한다고 말할 때 순록떼가 지나갔다 바람이 부러지는 겨울이다 나는 눈 속에 파묻힌 바이칼에서 어머니가 걸어잠근 세상에서 가장 큰 자물통을 본다 눈물의 온몸을 본다

발굴

햇살 알갱이로 밥 지어 파는 동네 슈퍼마켓, 똥개 한 마리 Y를 하품 속에 가두고 날짜 지난 수음을 핥는다 전철 타면 지구 끝까지 가라고 꼬리 치는 바람, 얼룩무늬 창은 날마다 못 본 척 딴전이다 담뱃갑처럼 쪼그려 졸다 깬,

사내가 분광기로 색감을 살핀다 입맛에서 눈맛으로 변해가던 21세기 색깔의 혁명기, 발굴된 사내는 배가 아니라 눈이 고파 있다 막 주문한 블랙버드에 거리가 파노라마처럼 감겨 있다 물감이 색감을 변주하는 표변주의가 21세기에서 시작됐단 걸 확인하는 순간 사내의 눈에서 36가지 색채가 쏟아진다

물감에 기록된 사내의 녹취록을 옮겨 적다가 불빛에 반응하여 움직이는 인형극이 공연되는 시간을 발견한다 도로는 무대가 된 지 오래 저 위에 서면 누구나 주인공이 되지 물감의 층을 내려가자 도로는 불빛 먹는 회충이라고 기록되어 있다 생긴 지 얼마 안 된 위장이라 소화가 느려서 남은 기록이다 열두시와 한시 사이의 사람들이 춤에 감전된 듯 흐느적거린다

허기는 더 큰 허기를 보면 사라진다 사내는 사라진 자신의 허기를 책상 위에 올려놓고 진화가 시작된 21세기 사내의 위장을 관찰한다 블랙버드가 보여주는 스펙트럼에서 사

내의 의중을 읽는 건 발굴로는 알 수 없다고 적는다 발굴은 창조라고 다시 고쳐쓴다

몇천 년의 바람을 갉아먹은 생쥐처럼 허겁지겁 뜯어먹은 눈빛 식사에 포획된 격한 허기는 순금보다 귀한 소장 가치가 있다 국립박물관에 전시한다면, '열두시와 한시 사이에 박제된 인형극'과 막 발아한 눈의 위장에서 찾아낸 '내장의 도덕적 결벽증'을 보려는 사람들로 북적거릴 것이다 퇴화가 결벽증 때문이라는 사실은 창조성이 아니고는 알아볼 수 없는 단서다

신인류 기원의 거리였을 자리에 블랙버드를 놓는다 퇴화를 시작한 위장이 사내의 눈에서 한껏 부릅떠진다 쫄쫄 굶어서 모처럼 눈이 파랗게 우러난다

내 안의 타클라마칸

사막에서는 모래가 물이다
흐르고 싶은 대로 흐르는 모래는
지불할 게 남아 있지 않은 고통에 닿아야 생기는 부력

혼자를 수없이 횡단해본 자에게
한 걸음은 소금 한 됫박보다 값지다
멈춰 있으면서 흐를 수 있는 경지는
자신을 수없이 허물어야 도달하는 자리

허문 자의 고요로 상처를 지우고
흐르면서 흘렀던 것마저 지우는
사막은 건너는 것이 아니라 마지막까지 소진하는 것

모래는 발자국을 기억하지 않는다
첫걸음이 마지막 걸음이 되는 타클라마칸에서
길을 찾는 건 끝끝내 헛수고다

하부 종족

힘겹게 붙어 있던 다리가 떨어져나가자 공중에 떠올랐다 얼마나 꿈꾸던 비상인가 지상은 고흐의 밀밭처럼 불타고 있다

아무래도 꿈이 꿈같지 않다 허리에 균열이 있지 않나 살펴본다 허리는 허리, 다리는 다리다 상부와 하부의 경계선을 두드려본다 어딘가 숨겨져 있을 분사 장치, 언제 발사될지 모를 발사대를 찾아야 한다 그러고 보니 엉덩이가 머리를 이고 있다 하부 종족을 왜 난 이제야 알아보는가 참 얄궂은 합작품이다 처음엔 분명 별개의 존재였을 터, 대저 무슨 까닭으로 상부를 머리에 이게 되었을까 약속된 시간이 지났는지 걸음걸이가 카운트다운 같다

가장 멀리 갖다 버리라고 머리에 얹어준 걸 왜 이제야 알아보는가

멀리, 아니 가장 높이 버리려고 밤마다 발사 장치를 점검한 것인가 사나운 발기가 끝나자 까마득 쏘아올린 절정을 끝으로 마침내 홀로 떨어진 하부 종족이 탄피처럼 픽, 쓰러진다

화급

구렁이 한 마리 내 목을 물고 있다 창자로 몸 감추고 사냥감이 나타나면 조용히 똬리 튼다 냉혈은 사냥의 불가침 지대, 때가 되면 사람을 허물 벗듯 벗어놓고 담을 넘는 구렁이

짧은 하품하다 놈을 본다 목젖으로 숨어 노려보는 독니에 흠칫 몸이 떨린다 나를 허물처럼 벗기 전 목을 쳐야 한다 짧은 하품의 방심을 노려 목을 뽑아야 한다 한입에 삼키려고 입 크게 벌릴 때 재빨리 손칼 집어넣어야 한다

내가 내 손을 물고 있다 이빨이 방어망이란 걸 뒤늦게 깨닫는다 방법은 하나뿐 무심코 입 크게 벌리고 장칼을 밀어 넣는 것, 거울 앞에서 죽일 궁리로 내 몸이 구불텅한다

온달 호프집

거품 마시러 호프집 간다
저녁이면 거품이 고프다
내 안에서 끓어오른 것들 넘쳐서 좋은 곳
평강 공주는 없어도 바보 온달은 있는 곳
바람 빠진 공복과 싸늘한 혈관에
거품을 공급해주는 온달 호프집
맥주를 마셔보면 안다
사랑이 거품 구조로 되어 있다는 걸
한 잔 마시면 끓어오른다
맥박에서 들려오는 말발굽 소리
한 잔 더 마시면
잰걸음으로 달려와 안기는 평강 공주
발돋움한 입술에 취해
어둠 반쯤 가린 조명 가면처럼 쓰면
바보는 온달이 아니라 사랑이라고
거품이 거품을 문다
속삭이듯 부드럽게 넘어오는 저녁이면
바보가 되고 싶어 온달 호프집 간다

그쳐도 그치지 않는

비 그쳐도 비 그치지 않고
바람 쌩쌩 불어도 바람 불지 않네

이도백하에서 북쪽으로 33분 거리
해씨 성의 여인을 사랑하기로 맹세한 날
만주산 옥수수가 백 위안을 돌파했네

향불을 흡입하고 벽 속으로 잠행하다 양생(梁生)을 만났지
살아서 이루지 못하면 죽어서 이루는 나라
백암성에 올라 북쪽으로 화살을 쏘아 떨어진 곳에
일인 왕국을 세우기로 한 날 미쳤다고 부는 바람과
미치지 않았다고 부는 바람의 멱살잡이에
철없는 꽃이 졌네

내 호흡의 영역을 가문비나무 초병이 지키고 선 곳
일인 왕국 광활한 대륙을 그린 잎사귀만 푸르게 신임했네

주몽의 후예라는
그 흰빛의 물관이 머금고 있는 활시위
내가 장전할 수 있는 것은 유화의 사랑뿐
나의 후대에게 전해줄 광활한 대륙 같은
사랑에 가물어 유화 같은 사랑에 가물어
사막이 된 후로 비 와도 비 오지 않고

먼 곳을 가리켜 팔 뻗으면 당겨지는 화살
한 생을 다시 살아도 그만둘 수 없는 것들
비 그쳐도 그치지 않네

몽마르트르 이젤

물감은 소리를 머금고 감춘다
빛을 통과시키고 빛나듯

붓을 드는 순간 꽃은 떤다
물감에 배인 꽃의 입술,
벗은 어깨가 흘러가는 곳으로
한사코 따라나서보지만

따라갈 수 없는 너머를 가리고 있는 붓은
문이거나 장막이다

성(城)의 운명은 무너지는 것
감열지처럼 지나간 흔적만 흑백으로 남은
꽃이 제 몸으로 예언한
물감에 점령되는 날이 온다

성벽을 성벽으로 감춘 그림
손수건처럼 잡아당기자
에펠탑을 이젤로 쓴
몽마르트르 언덕이 어깨를 드러낸다
빛이 굳어 이젤이 된

사크레 쾨르 성당이 마리아처럼 서 있다

해설

시의 힘, 설국으로 가는 기차

이홍섭(시인)

권기만의 첫 시집 『발 달린 벌』은 '시의 힘' '힘의 시'가 어떻게 만들어지는가를 잘 보여준다. 시의 힘은 시라는 장르가 지닌 고유의 특성들, 즉 직관, 응축, 여운 등등에 의해 발현된다. 이러한 특성들 때문에 시는 산문과 달리 진정성과 순정함, 비장미와 숭고미에 호소하기 쉽다. 이러한 시의 특성이 한 편의 시에서 잘 구현되면, 그 시는 잘 발달된 근육질을 지닌 힘의 시가 된다. 힘의 시란, 시의 힘에 대한 숙고와 훈련이 만든 궁극의 결과물이다.

하지만 언제부터인가 우리 시단에서는 이러한 시의 힘, 힘의 시를 느낄 수 있는 작품들이 현저하게 줄어들었다. 힘의 시가 잘 보이질 않으니, 마치 골기(骨氣)가 없는 산처럼 시단도 맥을 잃어버린 것은 아닌지 깊이 참구해볼 일이다.

그런 면에서 권기만의 시들은 참으로 돌올한 데가 있다. 권기만의 작품들에서는 마치 시를 앞에 놓고 오랜 면벽을 거친 수행자와 같은 면모가 풍겨져나온다. 좌고우면하지 않고 독학으로 문청 시절을 보낸 자에게서 뿜어져나오는 청신함과 남성적인 힘이 느껴진다. 홀로 절대를 향해 자문자답한 자의 고독이 서려 있다. 이러한 힘과 고독이 특정 공간화한 것이 '바이칼' '타클라마칸' '킬리만자로' '마추픽추' 등이다.

바이칼에 가고 싶다 생각하다 바이칼에 빠졌다 바이칼
이란 무슨 뜻일까 태초의 어머니나 큰 거북일 거란 물결

이 나를 덮친다 어떤 말은 실제보다 거룩하다 타클라마칸
이 그렇고 킬리만자로가 그렇다 나는 진정한 연애를 꿈꿨
고 열병의 타클라마칸을 횡단하고 싶었다 맨몸으로 바이
칼을 헤엄치고 싶었다 아니 킬리만자로의 무산소층에서
막 핀 개나리 같은 하늘로 첫발을 들여놓고 싶었다 쉼없
이 물을 마셔도 갈증으로 목젖이 내려앉는 타클라마칸에
서 낙타는 목청껏 발을 굴린다 걸음을 떼는 순간 정복당
한 킬리만자로는 다만 높이의 수식에 불과하다 그러나 한
번 빠지면 다시는 돌아올 수 없는 바이칼은 발이 아니라
몸을 원한다 몸을 던지라고 시퍼렇게 눈뜨고 있다 죽음보
다 깊은 연애처럼

—「바이칼 1」 전문

이 시에서 '바이칼' '타클라마칸' '킬리만자로'는 "실제보다 더 거룩"한 절대의 공간이다. 시인은 이 절대의 공간에 가고 싶어한다. 그 공간은 "진정한 연애"와 "열병"이 살아 있는 곳이고, "맨몸"의 순정함과 "첫발"의 순수함이 가능한 곳이다.

흥미로운 것은 시인이 킬리만자로보다 바이칼을 더 절대의 자리에 두고 있다는 점이다. 킬리만자로는 "걸음을 떼는 순간 정복당"하는 "다만 높이의 수식에 불과"한 곳이지만, 바이칼은 "한번 빠지면 다시는 돌아올 수 없는", "발이 아니라 몸을 원"하는 곳이기 때문이다. "진정한 연애"는 온

몸을 던지는 "죽음보다 깊은 연애"라는 등식으로 나아가는 이 작품은 이번 시집에 담긴 시인의 세계관이자, 시의 정신을 표상한다.

김수영 식으로 말하면 '온몸의 시학'이라 할 수 있는 이러한 태도는 그의 시를 때로는 거칠게, 때로는 고요하게 만든다. 이 '거침'과 '고요'는 상대적인 것이 아니라 극과 극에서 만나는 동질의 그 어떤 상태이다. 순정한 시인은 이 거침과 고요를 시계추처럼 왔다갔다하며 "아무리 말을 삼/ 켜도 목이"(「등대」) 메는 세계에 도전한다. 중요한 것은, 시인이 표현한 대로 "몸을 던지라고 시퍼렇게 눈뜨고 있"는 상대와 끝까지 마주할 수 있느냐 하는 점이다. 이는 김수영이 죽을 때까지 던졌던 질문이기도 하다.

이 지점에서 자연스럽게 떠오르는 질문은 시인이 자신이 몸담고 있는 현실을 어떻게 인식하고 있는가 하는 점이다. 이 질문에 대해서는 앞의 시에 등장하는 '타클라마칸'이 어느 정도 해답을 제시해준다.

혼자를 수없이 횡단해본 자에게
한 걸음은 소금 한 됫박보다 값지다
멈춰 있으면서 흐를 수 있는 경지는
자신을 수없이 허물어야 도달하는 자리

허문 자의 고요로 상처를 지우고

흐르면서 흘렀던 것마저 지우는
사막은 건너는 것이 아니라 마지막까지 소진하는 것

모래는 발자국을 기억하지 않는다
첫걸음이 마지막 걸음이 되는 타클라마칸에서
길을 찾는 건 끝끝내 헛수고다

—「내 안의 타클라마칸」 부분

시인은 앞의 시 「바이칼 1」에서 타클라마칸을 "쉼없이 물을 마셔도 갈증으로 목젖이 내려앉는" 곳으로 표현한 바 있다. 낙타는 이곳에서 "목청껏 발을 굴린다". 소리지르는 행위와 발을 구르는 행위가 교묘하게 등치된 이 구절은 시인이 인식하는 타클라마칸에서의 실존 방식을 잘 보여준다.

위의 시에서 시인은 그 실존의 방식이 "혼자를 수없이 횡단"하고 "자신을 수없이 허물어야" 하며 "흘렀던 것마저 지우"고 "마지막까지 소진"해야 하는 것이라고 말한다. 3연은 시인이 시집을 묶으면서 원래의 문예지 발표작을 개작한 부분이다. 시인은 이 작품을 문예지에 발표할 당시 "모래가 별이 될 때/ 첫발을 허락하는 타클라마칸"이라고 표현했으나, 시집을 묶으면서 "첫걸음이 마지막 걸음이 되는 타클라마칸"이라고 수정했다. 앞의 표현이 모래가 별이 되는, 이루어질 수 없는 불가능성을 강조한 것이라면, 뒤의 표현은 "발자국"과 "길"에 초점을 맞추어 "혼자를 수없이 횡단"하는 행위 그 자체에 초점을 맞추고 있다.

시인은 이 시의 제목을 '내 안의 타클라마칸'이라고 붙였다. 이 제목과 앞의 시 「바이칼 1」의 내용을 상호 대조해 유추해보면, 시인은 현실을 '목청껏 발을 굴리는 타클라마칸'으로 인식하고 있지만, 내면에서는 길 찾기를 헛수고로 돌리는 타클라마칸을 상정하고 있음을 알 수 있다. 이 둘 사이에는 깊은 결락과 심연이 놓여 있다. 더구나 시인이 주석에서 밝히고 있듯이 타클라마칸은 위구르어로 한번 들어가면 다시는 돌아올 수 없는 땅이란 뜻을 지니고 있지 않은가.

현실을 '목청껏 발을 굴리는 타클라마칸'으로 인식하면서도, "길을 찾는 건 끝끝내 헛수고"라고 인식하는 시인에게는 도서관도 하나의 거대한 사막으로 다가온다.

> 사막이 직립해 있는 곳엔 가지 마세요 수천만 페이지 모래바람 펄럭이는 구릉, 낙타처럼 걸어가는 독서는 젊음을 화르르 쏟아놓곤 해요 (……)
>
> 사막으로 출근하고 사막으로 퇴근하는 사람들이 발견한 아버지, 수천만 페이지의 사막을 다 건넌 사람은 없어요 사막을 횡단하다 사막이 되어버린 아버지, 아버질 펼치면 오아시스에서 별 헤고 있는 어머니, 스스스 미끄러지기만 하는 어머닌 언제부터 유사의 강이었나요

바람을 만나야 길을 얻는 모래에게 바람은 낙타란다 낙타의 등에 올라타렴 모래처럼 스스스 달려보렴 다시는 돌아올 수 없는 곳이 있다는 건 얼마나 큰 위안이니

타박타박 낙타처럼 걸어가는 활자들,
길 잃으러 사막 간다 길 버리러 사막 간다

—「도서관 3」 부분

시인은 독서 행위와 활자들을 "낙타처럼 걸어가는"것으로 표현한다. 이 낙타는 아버지로 변주되고, 이 아버지는 사막을 횡단하다 사막이 되어버린 존재로 나타난다. 이런 아버지를 펼치면 "오아시스에서 별 헤고 있는 어머니"가 등장한다.

도서관을 하나의 거대한 사막으로 상정하고 있는 이 작품은 다분히 추상적이고 관념적이지만, 시인이 현실과 관념의 세계를 이분법적으로 나누지 않고 동일시하고 있음을 알게 해준다. 현실과 관념의 세계를 하나로 여기고 이를 온몸으로 밀고 나가기는 참으로 어렵다. 그런데 시인은 '체질적'이라고 할 수 있을 정도로 이 두 세계를 하나로 밀고 나간다.

앞서 말한 결락과 심연도 이 둘을 함께 밀고 나가면서 생긴 것이라 할 수 있다. 결락과 심연을 견디는 방법은 두 가지가 있다. 하나는 현실과 더욱 치열하게 맞서는 결기를 다지는 것이고, 다른 하나는 현실을 훌쩍 뛰어넘는 도약을 꿈

꾸는 것이다.

콩나물을 "이빨 사이로 대가리 들이민다"라고 묘사한 「콩나물」, 구렁이를 "내가 내 손을 물고 있다"라고 묘사한 「화급」 등의 작품들이 보여주는 대결의식이 전자에 해당한다면, "시선을 관통하며 부서지는 까마득한 별빛" (「7번국도」) "튀밥 부스러기처럼 흩뿌려져 있는 별/ 여기까지 오기 위해 빛의 터널을/ 차창처럼 내어걸고 참 멀리도 달려왔다"(「이팝 2」) 등의 구절에 등장하는 '별'은 후자에 해당한다. 시인은 한편으로는 버티고, 한편으로는 도약하면서 이 결락과 심연을 견뎌낸다.

아래 시는 시인의 이러한 세계관이 마치 하나의 건축물처럼 실제의 공간을 통해 표현된 작품이다.

마추픽추는 고원 위에 있고
잉카의 도시는 악보 위에 있네
고도가 높아 음정이 되는 심장박동
발맞춰 걷다 노래가 된 라마여

불변의 음정
유적으로 앉혀놓은 마추픽추
8월의 고원이 제단이 되면
별을 따라 올라가는 라마여
그 심장박동 천지를 울리네

희박한 공기는 진공을 불러
심장이 있는 짐승은 모두 북이 되게 하네
고도에 맞춰 점점 높아지는 북소리
몸이 북이 되는 경계를 알 때까지
하늘 아래 가장 높은 공명에 이를 때까지
쉬지 않고 고도를 오르는 라마여

몸은 언제부터 심장의 순례지였나
음정의 요새 마추픽추
타박타박 발소리에 감추고
원색의 옷감이 화음처럼 펄럭일 때
마추픽추는 고원 위에 있고
잉카의 도시는 악보 위에 있네

—「우르밤바」 전문

우르밤바는 저 유명한 페루의 마추픽추로 가는 계곡에 있는 잉카의 도시이다. 시인은 마추픽추를 "불변의 음정/ 유적으로 앉혀 놓은" 곳이라고 절대성을 부여한다. 그러므로 이 불변의 음정을 향하는 길목에 있는 도시는 악보 위에 있는 것이 되고, 유적을 향하는 라마도 "발맞춰 걷다 노래가" 되어 "몸이 북이 되는 경계"를 알 때까지 "쉬지 않고 고도를 오르는" 존재가 된다.

잉카 유적을 빌려 표현했지만, 시인이 그려놓은 순례의 지도는 건축으로 말하면 고딕 성당에 가깝다. 높은 곳에 절대를 상정하고, 이 절대를 향해 모든 것을 집중해나가고 있기 때문이다. 앞의 시 「바이칼 1」에서 시인이 주석을 달았듯, 바이칼이란 말은 '풍요로운 호수'라는 뜻에서 유래했지만, 이 시에서도 시인의 상상력은 수직적이다. "킬리만자로의 무산소층에서 막 핀 개나리 같은 하늘로 첫발을 들여놓고 싶었다"라는 구절이 이를 입증한다.

'수직적 상상력'이라고 명명할 수 있는 이러한 세계는 이번 시집의 주를 이룬다. 그러나 이러한 세계는 고도의 집중력을 얻는 반면, 도식과 관념의 틀 안에 갇히기 쉽다. 그의 시가 좀더 자유롭고 유연한 시적 성취를 이룰 때는 '수평적 상상력'이 빛을 발하거나, 앞서 언급한 "오아시스에서 별 헤고 있는 어머니"의 세계를 노래할 때이다.

블라디보스토크로 가는 열차는 수전증 걸린 노인 같다
툰드라의 혹한이 창틈으로 세상 끝까지 옷깃을 세웠다
모든 경계를 다 지워야 도착한다는 꿈에서의 열흘

역사(驛舍)는 씩씩거림만 남은 주전자 바닥 같다
여행자로 살던 형은 왜 이 먼 곳에 와서 죽은 것일까
시체 보관소에 잠들어 있는 형은 너무도 편안했다
빙하의 바람을 뼈에 새기면 설국을 찾을 수 있다

갈겨쓴 글자가 설인의 흔적 같던 형의 엽서

교수직을 던지고 블라디보스토크로 간 형은
돈이 생기면 보드카만 마셨다
형의 수첩을 보고서야 설국으로 가는 길이 있단 걸 알았다
삶에 행로를 끼워넣으면 어디에도 없는 나라가 만들어진다
수첩의 흰여우 언덕은 이제 찾을 수 없는 나라다

눈 덮인 북극 하늘을 조금씩 잊으면서 봄은 덧났다
한 송이 꽃이 상트페테르부르크를 향해 뛰어내렸다
살아보고 싶은 존재에 가장 가깝다는 나라
한번 내디딘 자리에서 지상에 없는 제국을 만나보라고
북극점 받아들고 가만히 날개를 펴는 목련
내 눈 속에도 설국의 지도가 그려지고 있다

—「설국」 전문

이번 시집의 대표작이라 할 만한 이 작품은, 시인이 지닌 여러 장점들이 잘 결합되어 탄생한 아름다운 시이다. "설국으로 가는 길"을 찾아간 형의 이야기를 축으로 하여 미지의 세계를 향한 "설국의 지도"를 그리고 있는 이 작품은, 삶의 구체와 꿈, 그리고 아픔이 어우러지면서 비장한 아름다움을

만들어내고 있다.

이처럼 시인이 꿈꾸는 세계는 '수직적 상상력'보다 '수평적 상상력'으로 펼쳐질 때 더 아름다운 화음을 얻는다. 앞의 상상력이 결락과 심연을 낳는다면, 뒤의 상상력은 아래 시처럼 "착한 순록"을 낳는다.

얼큰한 추위가 장딴지 힘을 키운다 툰드라의 냉기 몇 토막 썰어넣고 끓인 고추장국 같은 고산지대 바람이 스무 마리 순록 눈빛을 부려놓는다 초원을 달리던 발자국, 풀과 나란히 돋아난다 발굽으로 두드린 문이 빼꼼히 열리는지, 하늘 귀퉁이마다 하얀 발굽들, 3천 킬로미터 밖에 두고 온 설원이 그리워 귀 쫑긋 세운,

한 마리 착한 순록이 서 있다

—「목련」 전문

이 작품은 「설국」의 마지막 부분에 등장하는 '목련'을 한 편의 시로 확장한 것에 다름아니다. "설국"이 "설원"으로 바뀌었을 뿐 "설국의 지도"를 그리고 있는 시선은 한결같다. 두 편의 시에서 알 수 있듯이 시인은 맑은 냉기가 서린 순백의 세계를 꿈꿀 때 가장 순정해진다. 거기에는 결락도, 심연도, 도약도 없다. 다만 한 마리 착한 순록이 서 있을 뿐이다.

이 착한 순록을 기른 것은 어머니이다. 앞에서 인용한 「도서관 3」에서 시인은 아버지를 사막을 횡단하다 사막이 되어버린 존재로, 어머니를 아버지를 펼치면 나타나는 "오아시스에서 별 헤고 있는" 존재로 묘사한 바 있다. 아래 작품은 이 "모성의 지평"을 노래한 작품이다.

> 지표상에 있는 담수의 1/5을 수용하는 아라사와 중원대륙에 걸쳐 있는 세계 최대의 호수, 내륙의 바다라는 바이칼에서 나는 어머니를 생각한다 지상의 담수가 남김없이 고여 있을 눈물, 오직 그 자식만 알아보는 물길로 걸어가 닿은 모성의 지평이 원시의 바다를 꽝꽝 잠그고 있는 겨울
>
> 걸어잠그는 힘으로 다시 놓아줄 때 떠난 자들이 돌아온다고 말하던 어머니, 투르크족 전사의 아내로 살려면 칼바람을 키울 수 있어야 한다고 말할 때 순록떼가 지나갔다 바람이 부러지는 겨울이다 나는 눈 속에 파묻힌 바이칼에서 어머니가 걸어잠근 세상에서 가장 큰 자물통을 본다 눈물의 온몸을 본다
>
> —「바이칼 2」 전문

앞서 인용한 「바이칼 1」에서 시인이 "몸을 던지라고 시퍼렇게 눈뜨고" 있는 바이칼을 노래했다면, 이 작품에서는 어

머니를 떠올리며 "모성의 지평"을 노래하고 있다. 시인이 노래하고 있는 모성의 지평은 인고(忍苦)와 강인함을 바탕으로 하고 있다. 시인은 「못 점」에서 어머니를 두고 "빗방울 망치에 정수리 내어주고 마지막 모를 심고 허리 펴던 어머니 모진 인고의 사랑이 두 눈 깊이 박혀 있다"라고 노래한 바 있다. 시인은 이런 어머니를 "눈물의 온몸"이라고 정의한다.

「못점」「이팝 1」 등에서 알 수 있듯이 시인의 유년은 가난으로 점철된 것으로 보인다. "아버지 돌아오지 않는 탄광촌 언덕"(「이팝 1」)은 이를 상징한다. 이 가난의 시절을 견디게 해준 사람이 "눈물의 온몸"인 어머니이다. 시인은 이 어머니에게서 고난의 삶을 견뎌내는 인고의 힘과, "어머니가 손을 펴면 내 몸에 만월이 뜬다" (「어머니의 양탄자」)라는 구절에서 알 수 있듯이 무한한 평안을 얻는다. 아래 시는 이 인고의 힘과 평안이 잘 어우러져 성취를 이룬 작품이다.

옷이 엄니 손같이 느껴지는 날
나는 아이처럼 엄니가 벗겨주던 대로 옷을 벗는다
물끄러미 앞섶 바라보던 곳날 참 따뜻하다
내 안의 것을 보는 듯한 눈빛
한 종지 미소 같은 단추를 끄른다
눈물 가득 고인 조그만 호수
주름진 엄니 손마디 물결처럼 일렁인다
얼룩진 윗도리 벗어 빨래통에 던진다

던지면서 돌아앉는 뒷모습에 얼른 다시 줍는다
엉거주춤 벌린 두 팔
엄니가 안아 달랬을 세월 안겨 있다
단단히 여며주지 못해 힘들어하던 모습
후줄그레 어려 있다
벗어든 옷으로 엄니 잠시 나를 보듬는다
부스스 까슬하다
주름진 옷 속 조그만 엄니
빨래통에 넣으려다 말고
부둥켜안고 한참 참는다

—「어머니가 사는 곳」 전문

어머니는 "원시의 바다를 꽝꽝 잠그고 있는" 거대한 "모성의 지평"이기도 하고, "눈물 가득 고인 조그만 호수"이기도 하다. 시인은 어머니에게서 이 두 가지 모습을 보고, 얻는다. 전자가 수직적 상상력으로 치달을 때 나타나는 모습이라면, 후자는 수평적 상상력이 빛을 발할 때 나타나는 모습이다. 아니다. 이 둘은 서로를 보완하면서 응축하고, 이완한다.

권기만의 이번 첫 시집은 다양한 주제와 다채로운 모습을 보여주고 있어 시인이 오랜 각고 끝에 세상에 내놓는 시집임을 알 수 있게 해준다. 필자는 첫 시집임을 감안하여 그의 개성이 확연한 작품들을 중심으로 분석했고, 자연과 생명, 그리고 시인이 살고 있는 인근의 유적을 노래한 근작들은 다음 시집을 기대하는 것으로 남겨놓았다.

시인과 '7번국도'를 공유하고 있는 필자는 다음과 같은 구절을 읊조리며 '독학으로 문청 시절을 보낸 자에게서 뿜어져나오는 청신함과 남성적인 힘'에 예를 표하고자 한다. "퇴근 땐 어김없이 북극을 향해 시동을 건다/ 기러기가 되어 날고 있는 7번국도/ 부서지며 흘러가는 것들이/ 부딪치며 손 섞는 모습은 얼마나 눈부신가" (「7번국도」)

권기만 1959년 경북 봉화에서 태어났다. 2012년 『시산맥』을 통해 등단했다.

문학동네시인선 072
발 달린 벌

1판 1쇄 2015년 8월 31일
1판 2쇄 2019년 7월 24일

지은이 | 권기만
펴낸이 | 염현숙
책임편집 | 김민정
편집 | 김형균 강윤정
디자인 | 수류산방(樹流山房)
본문 디자인 | 유현아
마케팅 | 정민호 박보람 나해진 최원석 우상욱
홍보 | 김희숙 김상만 이천희 오혜림
제작 | 강신은 김동욱 임현식
제작처 | 영신사

펴낸곳 | (주)문학동네
출판등록 | 1993년 10월 22일 제406-2003-000045호
주소 | 10881 경기도 파주시 회동길 210
전자우편 | editor@munhak.com
대표전화 | 031) 955-8888　팩스 | 031) 955-8855
문의전화 | 031) 955-3576(마케팅), 031) 955-2678(편집)
문학동네카페 | http://cafe.naver.com/mhdn
북클럽문학동네 | http://bookclubmunhak.com

ISBN 978-89-546-3734-3 03810

* 이 도서의 국립중앙도서관 출판예정도서목록(CIP)은 서지정보유통지원시스템 홈페이지(http://seoji.nl.go.kr)와 국가자료공동목록시스템(http://www.nl.go.kr/kolisnet)에서 이용하실 수 있습니다. (CIP 제어번호 : CIP2015021204)

www.munhak.com

문학동네